谨以本书献给吾妻刘蕾

你比所有的花都活得长久

莫幼群 著

合肥工業大學出版社

图书在版编目（CIP）数据

你比所有的花都活得长久 / 莫幼群著. —合肥：合肥工业大学出版社，2014.3

ISBN 978-7-5650-1776-6

Ⅰ. ①你… Ⅱ. ②莫… Ⅲ. ①散文诗 - 诗集 - 中国 - 当代 Ⅳ. ① I 227

中国版本图书馆 CIP 数据核字(2014)第 048090 号

你比所有的花都活得长久

莫幼群　著　　　　责任编辑　朱移山

出　版：合肥工业大学出版社	版　次：2014 年 3 月第 1 版
地　址：合肥市屯溪路 193 号	印　次：2014 年 3 月第 1 次印刷
邮　编：230009	开　本：850 × 1168 毫米　1/32
电　话：总　编　室: 0551-62903038	印　张：6
市场营销部: 0551-62903198	字　数：80 千字
网　址：www.hfutpress.com.cn	印　刷：合肥杏花印务股份有限公司
E-mail：hfutpress@163.com	发　行：全国新华书店

ISBN 978-7-5650-1776-6　　　　定　价：25.00 元

目 录

第一方面军　世界

第二方面军 自己

第三方面军　他人

第一方面军　世界

特别通道

盛夏的西瓜闻起来
有腊月积雪的味道，
这让我相信——嗅觉
有着特别通道：
它能让我走在繁华的大街上，
突然闻到丝绸古道旁
沙枣花的芳香。

睡在卧室的地板上
有时会听到对面楼房夫妻的私语，
这让我相信——听觉
有着特别通道：
它能让我在起重机的轰隆中
突然听到印第安人的唿哨声。

我看着眼前这个世界，
反复看了许久许久，

我想看出这世界应该的样子，
可它还是现在这个样子。
这不禁让我怀疑——视觉
的特别通道已经关闭，
连想象也不会再有奇迹，
无论是视者还是视像
都在迅速地衰老下去。

购物狂

一切都被淹没了
被连天接地的物流
一切都被抽干了
自我和性灵变成了空洞
消费是与这个世界联系的唯一方式
购物是证明自己存在的唯一方式

当你漫步在超市
千百种牙膏，千百条毛巾
挑衅地看着你
大声地说：看看你选谁
而你总会成为其中一种的猎物

当你走出“汤耗子”
驱车前往“小品猫”
然后背着无数物品

（注:汤耗子是联排别墅的音译,小品猫是特大型购物城的音译。）

从这个巨大的洞穴回到
自己狭小的洞穴
如同一个疲惫的山顶洞人

当你走进精品店
拜见那些冰冷的品牌
像拜见一个个冷漠的帝王
你疑虑着是否该把它们请回家
从此过上幸福的奴隶生活

资本在毛孔里笑了
而笛卡尔在天堂里哭了
因为有人在他画像边
用兰蔻的红唇膏写下：
我购物，故我在

静　寂

有人说自杀是懦夫的举动
有人说自杀是勇敢者的游戏
说的都有道理
但说的又全无意义

有多少件自杀是经过了深思熟虑
又有多少件自杀是临时起意
这两者究竟有无区别
我们看到的是同样的尸体和同样的悲戚

有静静地等待着死神
像服药、割脉和开启煤气
有快速地挑战痛感
如跳楼、开枪和卧轨
这两者究竟有无区别
我们看到的是同样的冰冷和同样的远离

维特根斯坦要求我们
对不能说的保持沉默
让我们把沉默保持到自杀者的葬礼
收起所有的质疑或争议
收起所有的鄙夷或怜惜
让他们享受一个死者所应该有的静寂

化石都市

恐龙留下三件化石：
脚印、骨骼和恐龙蛋。
虽然这大家伙已经如空气般蒸发，
但只要看见这三件活宝，
就知道它曾经来过这世界。

人类将留下三件化石：
工具、书籍和都市。
工具使我们的双手获得自由，
书籍使我们的精神获得自由，
都市使我们的呼吸获得自由，
自由、自在而自足——
在都市的大海里潜水，
永远不会担心被淹死。

就这样拼命地建啊建，
好让后来的智慧生命羡慕自己；
就这样焦虑地建啊建，

仿佛人类的末日即将来临。
后来者站在都市的废墟，
会这样冷静地评说：
这些叫人的古生物头脑精巧，
却执迷不悟；
善于享受生活，
却作茧自缚。

寄 居

寄居在空调里，
寄居在冰箱里，
寄居在手机里，
寄居在电脑里，
寄居在汽车里——
以至于外星人以为
我们是长在钢铁怪物中的寄生虫。

感冒病毒寄居在鼻腔，
大肠杆菌寄居在腹腔，
幻听症寄居在鼓膜，
信息综合症寄居在脑海，
行动乏力症寄居在四肢——
以至于我们自己都认为
这些就是人体内与生俱来的基因。

书的变迁

博尔赫斯说
天堂就是图书馆的样子
但如果他现在
重返人间，会发现
天堂口全变了
不再有书香萦绕
变成了软驱，变成了光驱
变成了 USB1.0，变成了 USB2.0

孔圣人说
搬家就是书籍的位移
但如果他现在
重返人间，会发现
搬家活变轻了
不需要汗牛充栋
只需要带上几张光盘、U 盘或移动硬盘
就像把 iPad 轻巧地塞进牛仔裤的小兜

于是，只有在
马上、枕上和厕上
才给书儿保留了宝贵的席位
而你，一边在这三上读书
一边耳畔传来
两位老夫子的喃喃自语：
最卑下者最高贵

讲坛之死

从电视上蹦出的锦绣话语，
为古人披上了一层新衣。
那款式可真时尚，
像专卖店里的牌子货，
完全合说者的意。

从电视上流出的滔滔话语，
足以将历史淹没。
那历史可真听话，
像任由打扮的小姑娘，
完全称说者的心。

就这样，从曹操到关羽
从汉武帝到康熙
全都死了两次：
一次死在庙堂或战场；
一次被说死，
死在喧嚣的讲坛。

断臂山

阳台上晾着两件衣服
一件白一件灰
微风中，两件衣服拥抱在一起
像久违的情侣
像压成薄片的灵魂
却散发着惊人的勇气

但很快
它们就将被叠起
被放入不同的抽屉
告别阳光进入黑夜

所以
请叠得再轻点再轻点
放得再靠近点再靠近点
否则它们的灵魂会痛

两种高傲

鸟是恐龙的后裔
从陆地和海洋退守到天空
身躯由庞大变得娇小
但你仍然能透过柔软的羽毛
看出尖喙上的一丝凌厉
它们牢记着自己尊贵的血统
飞得远远的，高傲地看着
人类，永不接近

上帝最偏爱昆虫
它们的历史比恐龙还长久
蟑螂在厨房里潜伏
蚊子在卧室中俯冲
它们是如此迷恋人类生活
无限地接近，贴身地纠缠
人类眼睁睁地看着
完全束手无策
这也是一种高傲

牵 连

惊扰我睡梦的喧嚣也惊扰着白鹭
刺激我瞳孔的强光也刺激着家燕
沾染我手臂的油污也沾染着企鹅的翅膀
如果它们都没有怨言
我想我也能够忍受

污染我肺脏的废气也污染着蓝天
毒害我晚餐的化肥也毒害着土壤
威胁我身躯的高温也威胁着冰山的怀抱
它们将在沉默中爆发
而我将在沉默中消亡

冬日即景

冬天的树是透明的窝
鸟儿是树上移动的果实
它们站在以往开花结果的枝桠间
当你伸手去摘时，倏地一声飞走了
你只收获了清脆的鸣叫
而往日收获的是香脆的苹果

一个向下落
一个向下落
如果这世界是个对称的镜像
那么一定有人在另一头
等待着，拾起这些绚丽的鸟儿
像拾起绚烂的香果

总有一种无限
让你无法把握

死的尊严

很多年前
日本人老了，就由
子孙背到山上去
放置在那里
像放下一块凛然不可侵犯的石头

更多年前
非洲人老了，就自己驾驶着
一叶小舟驶向大海
永远不再回来
像一朵消失在海平面的骄傲的云

自古以来，
大象老了，就会
让后辈挖好深坑
把自己深深地活埋
此时它的眼眶没有眼泪

而是慈爱地注视埋葬它的后辈
像看着自己的未来

这是一个白发社会
而我正缓慢地成为其中一员
我将学会如何给花草施肥
我将学会如何打发无聊的时间
我将学会如何算计每一枚小钱
我将学会目不转睛地盯着闪烁的电视
更重要的是
学会在活得廉价的时代
如何有尊严地死

酒

就在那一瞬间迸发出火花，
当思路被酒精接通的时候；
就在那一瞬间放弃了自杀，
当身躯被明天继续喝的念头支撑的时候。

酒是一个沉默的诱惑者，
经由特别通道给你下达指令：
“喝我，喝我”，
于是走上前去，
与它融为一体。

酒让男人变得疯狂，
酒让女人变得有趣，
酒让生活变得无序，
因为谁也忍受不了
有序的烦腻。

重 构

仿佛上帝之嘴
对蒲公英吹了一口
无数的花絮四散开来
各奔各的路程
彼此来不及再看上一眼

仿佛出征的号角已经吹响
从城东赶到城西
或从城南赶到城北
只为赴一场生命中的酒局

究竟要在酒精中泡过几回
那些失散的花絮才能重新拼合
究竟要在酒桌上对视几回
才能唤醒对彼此脸庞的记忆
才能盛开出母体原来的样子

然后静静地等待
等待着上帝之嘴的下一次吹拂
等待着那刻骨铭心的动感和痛感
等待着下一个解构和重构的轮回

两种人生

当他在厨房洗碗时
他正在双杆上翻腾
水滴向上溅起
又向下滴落
他向下俯身
又向上跃腾

掌声——
他回到了地面
咣当声——
碗放进了橱柜
他得到了金牌
而他洗去了油污

相同的是节奏
不同的是结果

（写于北京奥运会体操比赛期间）

阿猫阿狗

我喜欢猫
因为它总有一种嘲讽的眼神
虽然弓着腰
躲在肮脏的角落
但仍然敢于嘲讽人类的忙碌与惧怕
时不时地也自我解嘲

我不喜欢狗
因为它总是一副忠诚的表情
虽然吐着舌头
住在豪华的狗舍
但只要忠诚成为一种身段
就永远无法爬上树枝眺望

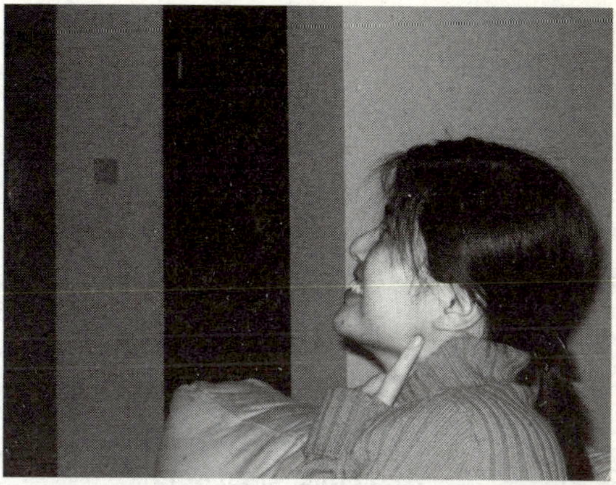

瓷

瓷——
当我们发出这个音节
就像被什么引力吸附过去
贴在某个长满青藤的墙上
有点冰凉但并不刺骨
有点坚硬但并不板滞
有点光泽但并不耀眼

那就是瓷——
用几千年的青
用几亿条缠枝
瓷实住你的手掌
瓷实住你的人生

一枚瓷器将如何死亡
它不会溶于水
如同泥塑那样
它不会毁于火

如同木雕那样
它会碎
但破碎只是一种失散
并不是一种死亡
每一片都等待着重逢
在那些生命并不永恒的人手上——
重逢

树的眼睛

住在一楼的人，
可以平视树的根部；
住在二楼的人，
可以平视树的茎干；
住在三楼的人，
可以平视树的枝叶；
住在三楼以上的人，
可以平视漂浮在树叶之上的
树的精灵。

无论你从什么高度看去，
树都有一双眼睛与你对视，
每一块疤结，都是树的眼睛。
每受到人类的一次伤害，
树就会长出一双眼睛，
直愣愣地看着你，
把你看得低到了尘埃里，
把你看得低到了土壤里。

然后你开始缓缓地发芽，
开始慢慢地生长，
然后你明白了树所经历的艰辛，
明白了人所应该具有的谦卑。

窝

我路过售楼处
售楼小姐苦着个脸
有很久没有卖出一套房子了
而路边的银杏树上
小雀却刚刚筑了几个新巢

还有多少人子没找到归宿
还有多少鸟儿住上了别业

人子买房
是为了拥有完全属于自己的空气
鸟儿筑巢
是为了更好地拥有整个天空

在水上，在海上
在陆地，在荒原
在空中，在树梢

长途跋涉都只为证明一句俗语:
有窝的人有福了

当你在泥泞地上艰难前行时
不要以为自己就不是在飞翔

从农民到盲流

麻雀是城市里的盲流
不会筑巢
在城市里东游西荡
却永远居无定所
那一颗纤小的心脏
始终不能平静地放下

盲流的前身是农民
在田间地头
曾经遭受了太多的子弹
吃下了太多的毒饵
以至当你现在向它们挥手示好时
它们依然以为那是射击的姿势

那一颗纤小的心脏
始终不能平静地放下
麻雀是城市里的盲流

牛皮

我把它们背在身上
我把它们系在腰间
我把它们踩在脚下
我用它们来装自己
为数不多的财富

它们被染成黑、棕、红
等各种色彩，已经看不出
原来的肤色
但纹路依然清晰，毛孔依然明显
那曾是它们用来呼吸的地方
曾是它们情侣耳鬓厮磨的地方
曾是它们母子亲情相触的地方

我携带着牛的尸体
静静地走过闹市

柏油路在我脚下变得柔软
变得湿润
甚至我的手上也沾染了泥土的芳香
是什么让我与大地如此亲近
是因为我和大地之子的肌肤连在一起

泸沽湖

在泸沽湖
游客是多余的
这样的风景，这样的居民
已经足够完美
你为什么还要唐突地
进入这个画框里

但泸沽湖像母亲
永远像母亲
她温柔地接纳了你
给你像给亲生子女一样的爱抚

在泸沽湖泛起小舟
水面上开着浮萍似的娇小白花
划着桨的当地少女说：
只有在没有污染的地方
它才会开放

只有在见到亲切的人儿时
它才会开放

于是你不敢与它们对视
怕它们会突然钻进水里
永远不再回头

一条哲学的鱼

天冷了，
湖像被某个蛮汉猛吸了一口，
水位降下去了很多。
我走在沙滩上，
皮鞋在身后留下脚印，
那原来是鱼行走的地方。
但鱼没有脚，留不下脚印，
连同它们吐出的气泡，
一起消失得无影无踪。

无谓的思考，
一如无谓的争论。
女人们会说：
女人不需要男人，就像
鱼不需要自行车；
男人们反驳：
男人也不需要女人，就像
自行车不需要化油器；

但鱼们会说：
这个世界其实不需要人，
他们到处乱走，留下
太多太深的脚印。

就这样纵身一跃，
向鱼打听，你见到那个愁苦的诗人了吗？

海　螺

我在海边拾起一枚海螺
小心地带回家去
把它放到耳朵边
可以听到海浪的呼啸
仿佛一片海寄居在螺壳里

突然有一天狂风大作
一阵阵海浪汹涌袭来
淹没了我的房屋
刹那间海浪又开始退去
不留下一根海草
除了海螺不见了踪影
一切好像都没有发生

海浪一边远去
一边发出低沉的咆哮：
这是属于海的，所以要把它带走
此刻我才明白海螺里的声响
原来是它发出的
撕心裂肺的求救信号

进 化

一只水母要在水中扑腾多久
才能生出鱼的双鳍
一只鱼要对陆地渴望多久
才能生出青蛙的四肢
一只恐龙要向上蹦跳多久
才能生出鸟儿的翅膀
一只猿猴要苦思冥想多久
才能生出人类的沟回
所以，亲爱的朋友
这一切的一切告诉你：
折腾创造了人

想咀嚼食物的欲望一直冲到舌尖
才化作了坚硬的牙齿
想攫取猎物的欲望一直冲到指尖
才化作了坚韧的指甲
想让自己的头顶离天空更近一点
才挺直了弯曲的脊柱

想让心爱的看清自己滑润的肌肤
才褪去了浓密的毛发
所以，亲爱的朋友
唯有经过千万重艰苦卓绝的磨砺
才能像一个人那样
去生存，去爱

雪中即景

一

整个城市成为一座大冰箱
我们被整齐地码放在不同的格子里
像曾被我们如此对待的土豆和西红柿
但我们还有呼吸
用尽最后的力气，时不时地串串门
只为看看别人是否比我们更寒冷
上帝之手将冰箱一开一合
把我们取出，但并不食用
他只是希望你保持沉默
像从不言语的土豆和西红柿

二

第一天下雪时
我们以为来了白雪公主
第二天下雪时
我们觉得这公主有些贪玩
第三天下雪时

我们以为卖火柴小女孩也来了
第四天下雪时
我们觉得这女孩就是自己
第五天下雪时
我们终于发现自己陷入了一座孤城
每个孤岛似的房间里
都住着几个寒冷的人

在深于雪国的国度
在冷于冷血的温度
传说中的灵芝和绿玫瑰
统统都开放了
绝望的香气残忍地掠过你冻结的鼻尖
那些曾经灭绝的猛犸和独角兽
统统都复活了
用它们尖利的牙齿
触碰着你僵硬的身躯

上帝总会让你在绝望之后
看到更多
看到更奇异之景

上帝总会让你在灭绝之前
活得更久
活得更为冰冷

三

雪天救活了两种人
一是孩子
二是恋人

没有两片相同的雪花
也没有两个相同的游戏
更没有两场相同的恋情
所以孩子和恋人
总认为他们是唯一，像那雪花

没有一片永远不化的雪花
也没有一个永不厌倦的游戏
更没有一场永不褪色的爱恋
所以孩子和恋人
最后总会悲从喜出，像那雪花

但这一切毕竟留下了印迹
印在了不易觉察的地方
直到看见了当年玩伴的孩子的笑脸
才想起了那一晚雪地里的追逐
直到看见了当年恋人的额角的白发
才记起了那一季的雪花
曾经那么飘飘洒洒
连时间都为它停下

剑齿虎化石

就这样相互凝视
你用你
含着些许尘土的眼睛
它用它
已经彻底石化的眼眶

你在等待一个机会
纵身跳入远古
与它展开生命的竞赛
你或许将长出双翼
或许连根羽毛也没有
你的脑壳或许大于斗笠
或许只有鼹鼠般微小

它也在等待一个机会
等待你也硬化成石
只能各立一隅
无声地两两相望
再也没有真实的呼吸
只有风穿过空洞的眼眶
遥想当初瞳仁的温润

黑与白

厨房里拖地了
到处湿漉漉的
我只能走在黑瓷砖上
像一只踮着脚的小鹿
像一枚必须遵守规则的棋子

棋子向两边看看
那白瓷砖依然洁白
像冒着雾气的新雪
像一块没有开垦的处女地

生命与水的较量

生命离不开水
又时而对水流露出憎恶
生命因水而滋润鲜活
却又常常想摆脱水的羁绊

饮酒是为了脱水
运动也是为了脱水
连做爱都是一次脱水的过程
正是在这水分的大退大进中
生命获得了最激越的快感

死亡是最后一次脱水
彻底的，不可逆转
亿万年过去
动物的尸体变成了石油
植物的尸体变成了煤矿
因为不含一丝水分
才燃烧得那么果敢

人死之后
尸体或被动地风干
或主动地制作成木乃伊
但这些又有何用
当盗墓者掘开金字塔时
看重的是木乃伊脸上的黄金面具
正如掘开马王堆时
看重的是包裹干尸的金缕玉衣

回　忆

回忆有时是一只蜜蜂
专吮吸甜蜜的汁液
回忆有时又是残忍的牙齿
连根带血急遽拔起

回忆有时是沙哑的吸尘器
只吸起一地琐屑
回忆有时又是哈勃望远镜
只能看到天文尺寸

回忆有时是除草剂
让曾经丰茂的地方变得光秃
回忆有时又是生发水
让荒芜的花园长出茅草

回忆有时是己方证人
只呈递对你有利的部分
回忆有时又是对方律师
一直把你驳得体无完肤

人生像一架天平
生活在左边
回忆在右边
时光是一只看不见的手
缓缓地让右边上升
直到把生活弹进虚无

量

雨是一种矢量，
却又是一种音量，
音浪太强，
却又化作无数个无眠的空阶。

雪是一种重量，
却又是一部默片，
总拽着你冰冷的心一起下跌，
却又化作来年春时山花的烂漫。

第二方面军　自己

我和我的抑郁症

这么多年了，
就像一位老朋友。
但我仍然不能确切知道
他在什么时候来，
只知道他总是会来，
在雪花飘飞的季节，
在倦马归厩的时候。

他来了，就从不把自己
当作外人，登堂入室。
和我用着同一台电脑，
和我吃着同一口饭菜，
甚至代表我出席各项活动。
和朋友们谈着话，给知己们
发着短信，却又全然不是
我往日的风格。
起初我想下逐客令，
但又觉得这不是待客之道；

后来我想下逐客令，
但已经没有力气，
只好眼睁睁看着他反客为主。

突然有一天，
他悄悄离去，
像来时一样匆匆。
留下我一个人，
留给我孤单的力量。
我知道他时刻在挂念着我，
我偶然也会想起他，
在莲心微苦的季节，
在蝉虫蜕壳的时候。

我的季节性

赤杨树在燃烧
好像是给鸟的翅膀加温
再燃烧一阵子，鸟儿
就要飞到南方去了
正如它们春天悄悄地飞来

我的季节性比鸟儿更强
春天里我甚至要自杀
夏天里我甚至能挽救一个自杀者
如今到了秋天，我得像只
土拨鼠似的，收集过冬的坚果
以便来一个彻底的冬眠，直到
鸟的翅膀再度轻抚我的睫毛

睁开眼睛，开始
下一个春天和夏天的轮回

春 眠

每当春节来临
我都要开始新一轮的怀疑人生
耳畔鞭炮声此起彼伏
让我疑心自己身处伊拉克
或是阿富汗
或是某个千疮百孔的时空

雨水之后万物萌动
最先开的花为什么总是黄色的
腊梅未谢，迎春又绽
是凡高喜欢的黄色
当他服下过多的洋地黄
眼前的世界就是这副模样
像被一只昏黄的蜡烛照射

清明时节
人们外出踏青
渴望遇见春神遇见佳人
而我将会遇到一头熊

将会把手中的那朵花给它
它则把自己冬眠的地方指给我看
在那个地方
我将开始我的春眠

诗人与我

顾城和海子之间
隔着一把斧头，
海子和食指之间
隔着一条铁轨，
食指和我之间
隔着一道院墙，
墙内是面向秋野，
墙外是春暖花开。

我和字词之间
隔着一层薄纸，
而我和诗歌
却隔着万重山水，
我没有问上帝要
斧头、铁轨或疯人院院墙，
所以他也没有给我
我想要的诗。

长与短

如果我的生命只剩下一年，
每一个月会安排得极为紧凑；
如果我的生命只剩下一月，
每一天将尽在我的掌握之中；
如果我的生命只剩下一天，
每一分钟都会运用得无比完美；
如果我的生命只剩下最后一分钟，
那么，每一个细节都将构造得无比熨贴。

是的，不要害怕，
长与短都没有什么关系。
长有长的欢欣，
而短，更像是一件艺术品。

活 过

活过莫扎特的年纪
把这个消息告诉音符
音符却说:
只要地球上还有鸟鸣、花开和溪水声
人类就会为他的音乐而骄傲

活过凡高的年纪
把这个消息告诉调色板
调色板却说:
只要地球上还有阳光、旋涡和麦穗
人类就会为他的画面而倾倒

活过帕斯卡的年纪
把这个消息告诉气压计
气压计却说:
那些早逝的天才就像大气压
沉沉地压着大地
只为让人类的生命不再轻飘

白色明信片

白头发比黑头发轻
每当洗过头后
它就不知羞耻地浮在上面
像刺眼的月光

白头发比黑头发硬
扎根也扎得深
每当你想要拔掉它时
总是会首先殃及它的黑人兄弟

白头发是准时的不速之客
不受欢迎又无可奈何
它是时间老人寄给你的
白色明信片
而寄信人在云端看着你
你越发愁
他越微笑

退 缩

当我告诉自己要沉默的时候
刹那间仿佛变成
只能将世界看成黑白两色的黑犬

当我告诉自己要低调的时候
刹那间身躯仿佛
呈几何级数地矮了下去

当我告诉自己要内敛的时候
刹那间仿佛有
一把长剑刺向胸膛

如此这般地一退再退
是出于对生活的恐惧
还是为了要保存自己的实力

选　择

如果有可能
两个人当然好
但如果没可能
一个人也可以与月亮干杯

如果有可能
三口之家当然好
但如果没可能
两个人也可以演出三种角色

如果有可能
四世同堂当然好
但如果没可能
三口之家也可以是个完美小世界

如果有可能
活到百岁当然好
但如果没可能
五六十岁也可以看到足够的美

蔬菜人生

我喜欢剥卷心菜
一片一片地剥开
一片比一片洁净
仿佛那个相声中说的
纸包里有一个小纸包
小纸包里还有一个更小的纸包
如此渐渐地小了下去
最后的那张小纸片上
写着两个字：纯情

我害怕剥毛豆或者豌豆
当你剥开豆荚
一个完整的家庭出现在面前
那些大而饱满的肯定是父母
那些小而湿嫩的是它们的孩子
当一家人分开时
它们的心会痛
当你把它们放进清水里
大个的会浮在水面

把小个的藏在水底
仿佛在对你说：
先来吃我吧，先来吃我吧
此刻你会发现
沾在手上的绿色汁液
或许就是它们的眼泪

外婆的洋葱

外婆切过一万只洋葱，
在她那漫长而劳碌的生涯。
如果平均切十只洋葱会流一次泪，
每次流泪会流十滴，
那么外婆切洋葱而流下的泪水，
足以装满窗台上那只青花瓷碗。

如今我拿着外婆用过的刀，
傍晚在厨房里忙活，
有时会想起那些陈年往事。
我喜欢在手边放一只洋葱，
虽然我往往用不到它，
但如果恰巧我流泪了，
我会说那是洋葱迷蒙了我的眼。

妈妈的食堂

徐悲鸿每次参加茶话会
都会从桌上抓几粒糖果
偷偷地塞进长衫口袋
悄悄地带回家
甜甜地分给子女

由大师我想到了妈妈
想到了妈妈的食堂
那还是在七八十年代
每年她会参加一次教师聚会
那时食堂就成了全家人的期盼

她会带上一只白色搪瓷缸
带回满满的剩菜和汤汁
她将忍受怎样的白眼
她又将面临怎样的讽刺

而我们兄妹就站在路口守候
那儿离食堂不过四五百米

我们知道
妈妈的胃液正为我们分泌
妈妈的目光正为我们搜寻
她始终记挂着那几只小雀
她始终记挂着那几张瘦脸

关于爱这件事
母亲是天生的大师

佛 像

我有三尊佛像：
一尊来自河南，
一尊来自泰国，
一尊来自越南。
我独自一人把它们运回，
从陆地、海上或空中，
累得气喘吁吁。
而我搬运时的疲惫，
是否已经抵偿了几分
工匠雕琢时的辛劳？

我把它们安放在静谧的地方，
每天要看上几回。
即使在我故去之后，
还会有人频繁而长久地将它们看望。
这么多凝眸注目，
是否已经抵偿了几分
工匠雕琢时的辛劳？

上苍褒奖劳苦，
上苍褒奖耐心，
于是，他在佛像的脸上露出微笑，
他在衣袂的皱褶处低声唱吟。
只有这样的方式，
只有这样的眷顾，
才能完全抵偿
工匠劳作时的艰辛。

恋　物

一开始是单相思，
而后是恋物癖。
人生的轨迹，从青年
到中年，大抵如此。

中年人，你为什么恋物？
因为物从来不会对我说：
“请给我采下天涯的百合！”
中年人，你为什么恋物？
因为物从来不会对我说：
“你对我关心不够！”
中年人，你为什么恋物？
因为物从来不会对我说：
“你究竟何时给我承诺？”
中年人，你为什么恋物？
因为物从来不会对我说：
“请爱我多一次！”
物永远不说，

永远乖巧，永远沉默。

就这样度过了中年，
渐渐与物相亲，
渐渐与人远离，
就这样获得了内心的宁静。

因为你会死很多很多年

因为你会死很多很多年
比二十四史还要长久
所以在世的每一天
都应该活得年轻
像一个刚册封的王子
时刻敢去追逐自己的公主

因为你会死很多很多年
比宇宙还要长久
所以在世的每一天
都应该活得年轻
像一枚刚爆发的超新星
把所有的俗务和定见
全炸个粉碎

我的婴儿

我怀揣着自己的小小愿望
走在热闹的大街上
像抱着一个小小的婴儿
我要带他去看一看古井大厦
我要带他去逛一逛胜利广场
我要带他去坐一坐摩天轮
我要让他像个乡下人那样去感受
然后再像个体面人那样去生活

我带着他走进火车西站
要是对这座城市感到厌倦
这里可以买票去任何地方
我带着他去坐新修建的地铁
每天市民为了活在地面上
总要经历一段地面下的黑暗时光

在坐地铁的时候
我怀里的婴儿哭了
因为车厢的空气实在憋闷

哭累了他又呼呼睡去，他的小脸
被拉着吊环的粗大手臂蹭得通红

我在他耳边轻轻低语：
孩子，等哪一天天气晴朗
我们就去郊游吧
骑上一辆老自行车
提上所有的好吃的
去潺潺的小河边晒太阳
柳条将在你脸上拂过
而蝴蝶将在你头顶飞翔

等到我们出了地铁站
重新见到了刺眼的阳光
再看看我怀里的婴儿
他早已不知去向
比水汽蒸发还要干净
我究竟在什么时候失去了他
我至今仍然无法回答

城市里的贝壳

我喜欢大城市，
喜欢大城市的人群，
我喜欢人群像喜欢大海。
无数人擦肩而过，
无数人远去，
但总会有人留守在那里，
总会有新的过客填补街区，
无须管他们脸上是微笑还是漠然。

遇见一个此生再也不会遇见的人，
走进一家此生再也不会走进的店铺，
这些使每一天变得特异。
乘坐地铁与鼠辈打个招呼，
登上楼顶与飞鸟共扇翅翼，
这些使每一天变得像探秘。

仿佛一只包裹紧密的贝壳，
在暖流或寒流中翻滚，

在海带或海葵间穿行，
一路看到无数的风景，
却能将珍珠藏在体内，
不让别人看见。

号 码

我的楼房号码是 3 位数
我的电话号码是 7 位数
我的手机号码是 11 位数
我的身份证号码是 18 位数
3+7+11+18
这些数字就成了我作为此在的明证

在读大学物理系时
老师给了我一个编号：31
每次点名他就叫着号码
我仿佛就成了一枚弱小的原子
抗拒不了原子核的引力

这么多号码包围着我
只是有两个仍未拥有
一个号码曼德拉有——
那是他的狱号
像烙在额头的刺印

另一个号码马克思有——
那是他的墓碑号
自去世后就一直拥有
与墓碑上的青苔紧紧缠绕

前一个号码我不想拥有
后一个号码迟早会来

鞋

我的这双皮鞋，
前世一定是双雨鞋，
只要一穿上它，
老天爷准会下雨。
那沙沙雨声，
似乎是有谁在哭泣，
让我也知道了这双鞋的委屈。

我这个人啊，
前世一定是双鞋，
给一个莫名其妙的人
穿在了脚上。
他正在穿过雨帘
穿过雪幕
走向我——
无可挽回地走向我。

灰雨衣

从我家到父母家
需要六七首歌
从父母家到单位
需要三四首歌
小小的白色“苹果”
如今成了我忠实的沙漏

戴着耳机在大街上穿行
像是给自己披上一件雨衣
尘世的人子像一滴滴雨点
被它挡在了身外
喧闹的车流像另一个宇宙的流星雨
再也不会给你任何威胁
你只需要静静倾听
倾听自己最钟爱的声音
让声音为灵魂加温

乔布斯给苹果染上了许多颜色

红、橙、黄、绿、青、蓝、紫
但我还是觉得它是一件灰雨衣
灰色，是这个世界现在的样子
被你无奈地穿在了身上
但你的内心开始缤纷和奔放
开始沉入一片音乐之海
像个未来战士那样行走
永远不会被淹死

我们四

在所有的动物中
马、狗和猫最让人感到亲切，
且始终与人类生活相牵连。
每当看到它们中的任何一个
我的心里总会一凛，
仿佛开启了柔情的闸门，
仿佛开启了记忆的河流。

或许在上一辈子
我们四个组成了一个家庭。
马是兄长，
整日劳作，脾气憨厚；
狗是老三，
精力充沛，挺讲正义；
猫是小妹，
有点可爱又有点忧郁，
常常莫名其妙地就会生气，
但谁都把她当作宝贝放在心底。

而这一辈子里
我独自一个落草为人，
是应该感到忧伤
还是应该感到欣喜？

抵押

前世里
我一定是把灵魂押给了花神
今生每养育一株草木
或拂去一朵花上的尘埃
我的灵魂就赎回了一点

前世里
我一定是把灵魂押给了大师
今生每读到一本他们的书
或抄录下他们的一段语录
我的灵魂就赎回了一点

前世里
我一定是把灵魂押给了你
今生每一次心领神会地
擦肩而过，含笑而不言语
我的灵魂就赎回了一点
一万次地想接近
而又一万次地与你远离
我就重新做回了我自己

八爪鱼

我有十个遥控器
用来控制那些闪着银光的电器
仿佛一个娱乐帝国的皇帝
等待着八方前来朝贡

我有十一条数据线
连接着大大小小的数码玩意
只要把它们插进电脑
缤纷世界就会向我走来

我左手拿着遥控器
右手拿着数据线
这使我像一只海里的八爪鱼
潜伏在深海里
看着一个个活动画面从眼前掠过
潜伏在深海里
长久地不浮出水面
早已忘了阳光的气息

致我用过的所有词语

每个词语都是一个生命
有的优雅，有的粗鄙
有的热闹，有的安静
有的时髦，有的老土
有的长寿，有的短命
但它们中的每一个
都是万千智慧的结晶
所以即使发点小脾气
你仍然会觉得它们可亲

每一个词语都是一个恩宠
穿过我的白发我的手掌
掠过我的皱纹我的呼吸
它们是怎么样地走向我
不远千里万里
是怎么样的耐性
使它们愿意迁就我的钝笔
又是怎么样的缘分

才使它们甘愿在我身边伫立

即使那些从未用过的词语
我也对它们保持足够的敬意
或许它们正在前面等候着我
等候一个在文字之旅中跋涉的苦力

告 解

前世里我一定
路过一百道关口，
在每个关口
我都乞求讨饶。

前世里我一定答应了天神
为他编织一件千羽衣，
每一根羽毛
都必须收集缝纫整齐。

曾经承诺的
必须加倍施行，
曾经亏欠的
必须加倍偿还，
等到精疲力竭
再也睁不开双眼时，
天神才会对你说：
孽缘已满。

当那一道堆满积雪的关隘
朝着我扑面而来，
我又怎么能确知
这就是最后一关?
于是只得弯下身来
拾起泥水中的一根白羽，
惶恐地放在胸口
把它熨烫温暖。

换 血

在慢慢冷却之前
我的血已经被换了三次
一次是冷静用它的针管
换走了少年的热情

在变成固体之前
我的血已经被换了三次
一次是谦恭用它的针管
换走了青春的傲慢

在完全失去之前
我的血已经被换了三次
一次是寡淡用它的针管
换走了中年的欲望

最后，就剩下这么个人儿
无趣、无欲、无刺
而无害

听　乐

在那一刻，
他仿佛进入了我的骨髓，
用我的口舌发声，
用我的躯体摇摆。

在那一刻，
他仿佛进入了我的神经，
以我的腹为共鸣箱，
以我的肋骨为琴弦，
以我的手指为琴弓，
把我的生命奏响。

在空旷的舞台上，
突然听到掌声响起，
使我惶恐不已——
我知道这掌声不是为我而鼓，
但我仍然能感觉灵魂的颤栗。

我把一只文件放进了电脑

我把一只文件放进了电脑里，
像把一枚贝壳投进无边的大海。
现在怎么也搜索不到，
是无意中删了它
还是它已被病毒击中，
难以知晓。

这只文件或许有用，
但找到后打开一看
发现完全无用也有可能。
但你能说一个失踪的孩子是无用的吗？
找不到它，
纠结到不能原谅自己。

后来我找到几只类似的，
应该是它的兄弟或姐妹，
但没有一个真正是它。
这使我想到了我自己，
我是那个真正的我的
一个更高级还是更低级的版本？

第三方面军　他人

水中的屈原

当沧浪的水清澈时，
屈原用它来洗帽子；
当沧浪的水浑浊时，
屈原用它来洗脚，
永远也不会弄错。

当世间变得污浊时，
屈原想用诗来洗人们的眼睛；
而当他的衣襟也被沾染时，
他只好沉入水底，
接受一场脱胎换骨的洗礼，
永远也不再浮起。

如今，人们向水中投下粽子，
让鱼先吃粽子，
接着人们再吃鱼。
然而在那幽暗的水下，
你如何能将屈原和鱼分开？

他和它们都有温柔的嘴唇，
闪光的鳞片，
和坚忍的刺。

孔子是个爱情故事

三十，他站起来了
却没有人能够和他相对
没有一双能和他对视的眼睛

四十，他对所有事物不再困惑
除了对那一个字
对那一个人
为什么他只能站在冰冷的车外
而她却在封闭的车里

五十，他自认为看透了命运
也把她看成一段空气——
一段曾朝思暮想去呼吸的空气
假如爱有天意
他觉得是没有
至少，在他的爱情里
只有天命，没有天意

六十，他听着所有的欢笑

也听着所有的流言
他也曾经有所想象
但终究觉得这一切与己无关
他自以为找到了内心的宁静

七十，他仿佛又回到了十七
终于敢去言爱
但死神已经悄悄逼近
他一生说了太多的话
对自己的弟子，以及世人
而那最想说出的话
却消散在永久的沉默里

只留下她一个人
孤单地读着《论语》
写着给后世的长信
然后又把这些缝在了织锦里

南山之菊

陶渊明的琴没有弦，
他直接用手指拨动着空气。
他以为弦对于琴是个多余，
恰如官位之于人。

陶渊明卸去外衣，
把自己栽成一株白菊。
如此半人半花的生活，
他俨然是一尊神。

香气流动得像时间，
总会有秋天，
总会有菊花，
总会有人在每一片花瓣上
极力辨认南山的轮廓。

李白之死

李白把诗、酒、月光
搅拌在一起给我们品尝，
或许还有一点泪。
大家咂着嘴，努力想象出
李白如何傻坐着，用一面镜子
来愁眉苦脸。

李白在前面骑着驴，
不知不觉中
我们被带进深谷。
他化作彩云，缓缓升起，
我们却在下面走投无路，
才发现每首诗都是精巧的圈套。

天神以月亮为诱饵，
把李白度了去。
李白像顽皮而多情的猴子，
不知深浅地踏入水里，

留下的诗稿铺在地上，
在月黑时闪闪发光。

天间只需要他这个人，
正如人间只需要他那些诗。

羲之妹至

王羲之的书法卖了四千万，
名字叫做《妹至帖》，
一个古怪而温馨的名字，
仿佛一柄蜡烛，
照亮了一千多年前的那个黄昏。
无论在什么时代，
妹妹回娘家总是高兴的事儿，
王羲之肯定笑得合不拢嘴，
张罗着饭菜，
张罗着写字，
写得那么畅快那么随性，
而随性就是美。

王羲之的书法卖了四千万，
让人忍不住猜度他妹妹的模样，
可惜黑纸白字不是黑白写真，
但这位女士的命运是一定的：
像墨色那样沉着，

也像墨色那样阴郁。
在那样一个时代，
她肯定嫁了个人，
无论嫁的是好人还是坏人，
生活也就那么回事。

王羲之的书法卖了四千万，
如果他知道这么值钱，
说不定当时就会拿去换银子，
送给他的妹妹，
让她能过自己想要的生活：
也能写诗，
也能写字。

庐州一夜

庐州的夜晚，
是全世界的枕头。
曹枭雄曾在这打打杀杀，
李中堂曾在这秣马厉兵，
但却抵不上婴儿的一个安眠，
抵不上张氏四姊妹的一个亲吻，
一幅丹青，
一段昆剧——
其中那个吻，
流向了从文先生，
让他坐在湘西江头，
也怀念庐州的温柔。

庐州的夜晚，
是全世界的枕头。
她的水道太窄，
接纳不了张潮的夜航船，
也容不下苦雨先生的乌篷船。

但她只需要用两根垂柳，
就系住了白石先生的不系舟。
是那般温柔，
让白石先生在千年后每一个可疑的夜晚，
都想侵入那些曾被张辽吓哭的孩子的梦境，
最后寻到我的梦境，
抓住我的手写下——

庐州的夜晚，
是全世界的枕头。

雾失我爱

多愁的早上就多雾。
雾气浸湿了秦少游的衣袂，
让他以为苏小妹又哭了。
起来才发现小妹还在宋词里沉睡，
枕着的还是他的诗行，
披着的还是他的婉约——
雾失楼台，月迷津渡。

少游一路寻到了帝都。
只看到一个个铁壳的大家伙
在大雾中艰难地爬行。
铁壳人肚子里都有一个小木偶，
那紧张的模样似乎像上京赶考。
迎面过来的人全看不清面目，
连是否有标志性的额头也不确定，
每个人都可能是
也可能不是苏小妹——
雾失我爱，人失其面。

梅之君

一桌，一椅，一屋
再加上一座凄清的西湖；
数梅，数竹，数鹤
再加上一个孤绝的诗人。

在诗人之前
梅花开放了几千万年，
一枝一叶都那么谦逊，
仿佛在耐心等待着
一位最般配的夫君。

在诗人之后
梅花又开放了一千年，
一枝一叶都那么傲然，
因为她知道
该相遇的都已经相遇，
拥有过就永远不会再失去。

于是，把白雪披在头顶，
把红蕊藏在心底，
年复一年地完成
自家的祭礼。

康熙大帝

他是上天的宠儿，
身材壮硕，相貌如璧；
他是智慧的宠儿，
全知全能，甚至会解几何题；
他是时间的宠儿，
在位超过半个世纪；
他是历史的宠儿，
有人说他堪比彼得大帝；
他是媒体的宠儿，
屏幕和舞台满是清宫戏。

但无论怎么得宠，
也改变不了内心的封闭；
再怎么成功，
也实现不了多数人的正义；
再怎么洒脱，
也创造不了这古老土地上的奇迹。

我们需要赞美他吗？
如果你还有奴性，请弯下双膝；
如果你也有同样的血性，请弃他远去。

人字跳

就这样跳了下去，
徐迟是这样跳下去的，
哥哥是这样跳下去的；
由此上溯到一千多年前，
绿珠也是这样跳下去的；
或者联系到那部日本电影，
从堂塔到高仓再到横路敬二，
全是这样跳下去的。

把自己跳成一朵落花，
只是大地并不柔软，
落红也没有血光那样的腥气；
把自己跳成一束礼花，
只是礼花是向上，
身躯是向下；
生命更不是电影，
不能剪辑，不能倒带，
更不能重启。

格言体

蒙田是带刺的玫瑰，
帕斯卡是思想的芦苇，
叔本华是观念的紧身衣，
尼采是带着响声的鞭子，
维特根斯坦是语言的魔方。

他们都写着格言体，
东一榔头西一棒槌，
简洁而深刻。
他们和思想作着抗争，
那思想眷顾着他们，
也折磨着他们；
他们和语言作着搏斗，
那语言托举着他们，
也狠狠地将他们摔痛。

一想起这些大师，
我就想起丛林探险中的一块压缩饼干；

一想起这些大师，
我就想起沙漠跋涉中的一滴甘露，
中国的老话说——
滴水之恩，当涌泉相报。

伟人的头脑

伟人的头脑总是简单的
常常自己就激动起来
林肯说：让我们解放黑奴吧
甘地说：让我们赢得独立吧
许多人早就意识到这一点
但没有人真的想去做

伟人的头脑总是简单的
常常自己就倔犟起来
他俩真的那样去做了
和先前说的一模一样
比想象的还要艰难
也比想象的还要值得

伟人的头脑总是简单的
常常自己就危险起来
黑暗中两支枪对准了他俩
和他们梦见和预料的一模一样
但没有想到去躲

因为如果这注定是一个预言
那么就让预言的每一部分都全然实现
包括解放和暗杀
包括独立和死亡

活 着

罗斯福在轮椅上活着，
不到三十岁他就下肢瘫痪；
海伦凯勒在黑暗中活着，
一生下来她就双目失明；
贝多芬在寂静中活着，
无法听见自己作品的奏响。

拿破仑在皮肤上活着，
他一边指挥作战，
一边要对付身上那该死的瘙痒；
毛姆在舌头上活着，
口吃的他表达不出完整的话，
只好把一切写进小说。
尼采在另一个尼采身上活着，
当精神分裂症袭来时，
惶恐的他长时间认不出原来的自己。

人们啊，
请对照一下自己可爱的身体，

会发现是多么幸运；
再对照一下自己干瘪的脑袋，
又会发现是多么不幸。

置 换

都说普希金像个黑人
黝黑的皮肤，蜷曲的头发
都说他是个黑女奴的后代
一不留神就成了贵族
穿上华丽的燕尾服
但那顽强的基因却不肯罢休
它悄悄地默默地
把热带丛林里的低声吟唱
换成了冰天雪地里的激情高蹈

茨维塔耶娃说
帕斯捷尔纳克像个阿拉伯人
更像一匹阿拉伯马
不知何时被放逐到靠近北极的国度
先经历东正教，后经历斯大林
但那顽强的基因却不肯罢休
它悄悄地默默地
把荒凉沙漠里的忘情奔跑
换成了铁幕背后的卓绝坚忍

他的样子

——纪念格瓦拉

他的头像被印在T恤衫上，
包裹着少女丰满的身躯；
他的头像被印在玻璃杯上，
拥抱着酒鬼颤抖的右手；
他的头像甚至被印在卫生间的瓷砖上，
当你小便时，呆呆地看着他，
像看着一个陌生而熟悉的大叔。

然而——
你能否从少女的香水味中，
闻出南美洲丛林的诡异瘴气？
你能否从酒鬼的酒精味中，
闻出游击战争的漫漫硝烟？
你能否从小便的嘘嘘声中，
听到那击穿伟大头颅的最后一枪？

如果你能闻到或听到，
那么——
他没有白死，
你也没有白活。

自足

梅尔维尔研究着鲸鱼
纳博科夫研究着蝴蝶
菲利普罗思研究着手淫
他们都是那一领域的领袖
却没有职称
也不奢望诺贝尔生理学奖金

回到自己的世界
回到自己的兴趣
世界在他们眼里变大了
而人在他们眼里变小了
再慢慢把这小人从洞穴中拽出来
暗暗地将它搓揉成人精

布拉格

如果你去布拉格旅游
请替我多呼吸呼吸布拉格的空气
这空气曾洗涤弗朗茨卡夫卡的肺
曾拯救过他的呼吸
在那灰雾般的沉闷大楼里
有着税务官卡夫卡的一小间办公室
繁琐的报表和繁琐的数字
每天折磨得他精疲力尽
他还得保存下一些体力
以便像小老鼠一样逃回家
躲进自己幽暗的城堡
审判着整个世界
审判着芸芸众生
审判着自己的灵魂

如果你去布拉格旅游
请替我好好走走布拉格的街道
这街道曾承载米兰昆德拉的脚步

曾忍受着他的叩问
当昆德拉年轻时
他是个摇滚歌手
当苏军的坦克入侵时
他是个愤怒青年
当难以糊口时
他是个星座专栏作家
就这样一步步地丈量着布拉格的街道
就这样一点点地称取生命的轻重
后来他背井离乡去了巴黎
但仍然在睡梦中将布拉格丈量

如果你去布拉格旅游
你等于是来到了欧洲的心脏
你一定要好好听听它的脉搏
它的左心房叫昆德拉
它的右心室叫卡夫卡

女人诗

是心头压着的一捧雪，
是呕哑而执著的手风琴，
是春天的梨花开在秋天里，
是阿赫玛托娃。

是冰原里受伤的一匹鹿，
是华丽衣袍上的一堆虱子，
是走向天堂的一根吊绳，
是茨维塔耶娃。

是忽明忽灭的溜冰圆舞曲，
是草原上沉睡的一只海燕，
是飘逝在口号声中的红丝巾，
是吉皮乌斯。

是东正教堂的陡峭尖顶，
是雅尔塔发白的菩提树，
是阿尔巴特街上最后的路灯，
是洛赫维茨卡娅。

是比康定斯基更深的蓝，
是比契诃夫更柔的光，
是比索尔仁尼琴更孤绝的群岛，
是巴尔诺克。

她们都是“娃”，
她们都叫俄罗斯，
她们都曾经写诗，
从皮肤写进血液里，
从血液写进骨髓里。

——复活的她们，
影子向我们飘来，
请记住她们的脸庞，
记住开在艰难时世里的那些诗行。

致宋慧乔

当他们被绑起手押往狱牢时
你又在哪里呢
是否正在被妈咪扎起头绳

当他们默然地走向刑场时
你又在哪里呢
是否正在辛勤学着美式英语

当他们忽然被平反时
你又在哪里呢
是否已经感受到镁光灯的神奇

他们自然会留遗言
遗言自然会被留下
但不会被树起
树起的广告牌上
永远是电器服饰广告
永远是你的笑脸

昨天的痛觉
当然会传递
但只在血亲之间
远在传递到你之前
就被阻隔
若有若无地残存在潜意识里
只是偶尔在你拍哭戏时
成为不知不觉的启迪

于是那一刻
你怔住了
擦擦眼眶
回首望去
但只看到虚空
无限的空虚

往日殉难者的鲜血
不会比今天的口红鲜艳

(写于大韩民国光州起义纪念日)

只要世界上少一个君王

只要世界上少一个君王
我就高兴
他们应该尘封在十六或十七世纪
在民主时代
小民的腿关节是用来慢跑
而不是用来屈膝

只要世界上少一个君王
我就高兴
他们应该居住在安徒生唯美的童话里
在网络时代
小民的手关节是用来点击鼠标
而不是为了向谁敬礼

只要世界上少一个君王
我就高兴
只要社会上少一份世袭
我就高兴

只要政坛多一种选择
我就高兴

我真的高兴

(写于尼泊尔王国宣布废除君主制、实现共和之际)

第四方面军　爱人

那一个字

爱是海盗船
顷刻把你带到最高点
却又在你自鸣得意时
遽然降落

爱是对撞机
剧烈碰撞之间
两极在电光火石中转换
正极变成了负极

爱是示弱
爱又是逞强
爱是攻占
爱又是陷落
爱是世间唯一不求结果的花
爱是世间唯一不后悔的后悔

为了所有

为了所有不再想的事物我想你，
为了所有忘记的风景我记忆，
为了所有错过的星星我仰望夜空，
为了所有关在窗外的草木我养一盆风信子。

为了所有静寂的声音我倾听一首歌，
为了所有不再使用的词语我写一首诗，
为了所有失落的品质我捡起一份爱，
为了所有淹没的面孔我舀起一勺水。

为了所有不再想的事物我想你。

爱·感冒

如果你得的是普通感冒
我将给你一个绅士之吻
那么轻，那么柔
因为弄不清你是不是生命中的过客

如果你得的是流行性感冒
我将给你一个侠士之吻
那么急，那么准
因为已经明白了你的心意

如果你得的是病毒性感冒
我将给你一个花式长吻
那么慢，那么全
只想让你的病毒转移到我身体

如果你得的是西班牙感冒
我将给你一个法兰西深吻
那么深，那么久
让你从 38 度提升到 40 度

爱是感冒
吻不是解药而是致幻剂
爱是烈火
吻不是冷水而是助燃剂
爱是奔跑
吻不是清风而是兴奋剂

一旦病了
就请好好病一场
出过麻疹的人
将获得终身免疫

复 原

假如有可能
希望我采撷的每一朵花
都能重新回到花茎
按照自己的季节慢慢凋谢

假如有可能
希望我惊扰的每一只小鸟
都能重新回到鸟巢
按照自己的心愿甜甜休憩

假如有可能
希望我打碎的每一块玻璃
都能重新回到原形
按照自己的规律静静反射阳光

假如有可能
希望我爱过的每一个人
都能重新回到原有的状态
仿佛从未收到过爱的讯息
仿佛世界上根本不存在这么个人
按照自己的轨迹缓缓过完一生

碎

那些说不出口的爱
都变成了气泡
封存在冰块里流向大河
河水浇灌了树木
却不愿为任何一棵树停留

数万年之后
树木石化成了煤
煤和石油混合在一起制取出塑料
塑料们在世界工厂里忙忙碌碌
最后有几个塑料的孩子跑了出来
成为一张包裹遥控器的透明泡泡纸
放进了装电视机的大纸盒
泡泡里依稀还有当年的空气

于是在某个无所事事的夜晚
你一边看着电视，一边捏着泡泡
是的，你亲手捏着气泡
你亲手捏碎了你的爱

今 生

别说来世
来世比今生短
只短一天
莫提轮回
若轮回只是循环
虽千百次又何益

我们就说今生吧
就说这一年
就说这一天
就说这一分
就说这一秒
是抱拥还是逃避
我们就说爱情吧
不是柏拉图那一种
不是王昭君那一种
不是嘉尔曼那一种
不是克林顿那一种
而是专为你我设计
的这一种
是放下还是拾起

科学与神话

像一枚孤独的小行星等待着撞击
像一只温顺的绵羊等待着克隆
像一粒沉默的基因等待着重组
像一头永冻土下的猛犸等待着复活
科学家说：
这是千万分之一的几率
但只要有耐心，总会相遇

像女娲手中的泥人注定要分离
像飞近太阳的蜡烛翅膀注定要融化
像阿喀琉斯的双脚永远追不上乌龟
像西绪弗斯的石头永远推不到山顶
神话学家说：
这是神的旨意
是比科学更永恒的法则
无论是谁，都无法规避

问

是什么让我这样进入你的空间
一只腼腆的蜂鸟也这样问过花蕊
是什么让我这样进入你的时间
一只金色的沙漏也这样问过细沙
是什么让我这样进入你的历史
一只轻盈的蚊虫也这样问过琥珀
是什么让我这样进入你的家谱
一个流浪的吉普赛人也这样问过族长

“清风不相识，何事入罗帏?”
如果你能像这位古代女子一样
半拒半迎地回答
我就已经感到足够欢喜

另一个我

即使我梦见了你
我也会说
那不是我的本意

即使我在偷偷看你
我也会说
那是眼睛的误区

即使我说出了那三个字
我也会说
那是另一个我的言语
他的确从我的体内生长
并与我的身躯分离
但此刻他已经
与我没有什么关系
我只不过对他的命运
有些忧虑

整　容

如果我们要谈一场恋爱
请先换上匹诺曹的鼻子
一旦有人要说谎
那鼻子就会不停伸长
可怕而又可笑

如果我们要谈一场恋爱
请先换上麋鹿的眼睛
那眼睛永远是那么温柔
那么仁厚那么无邪
即使面对天塌下来的灾难
也不带一点心机
不含一丝恐惧

如果我们要谈一场恋爱
请先换上不死鸟的舌头
那舌头会记得品尝过的每一道美味
发生过的每一次长吻
说出过的每一句蜜语

皮肤会忘记
血液会忘记
甚至骨骼也会忘记
唯有它记得
记得那么清晰

慢

请逐渐地离开我
不要像个闪客
不要像樱花转瞬坠跌
不要像孔雀的彩屏匆匆闭合

请逐渐地离开我
蜂鸟采撷完花蜜后
还会在花丛中长久盘旋
雌白鳍豚生下小豚后
会哺育小家伙整整两年

不要太快
也不要太慢
更不要回头
约瑟因为回头看洪水
而化成了石像
其实他并非看见了恐惧
也并非看见了上帝，而是
看见了所有的安排不过是场游戏——
这不能说的噬人的秘密

照 相

老辈人说照相时
灵魂会被摄走
为什么我把镜头对准你时
灵魂却被你摄去

心儿不明白
为什么它已经如此虔敬
手指却不能保持一致
非要以颤抖作为回应

尘 埃

太阳出来了，照得所有人
都像一颗尘埃
一百年前的前世是尘埃
一百年后的来生也是尘埃

有的尘埃发光
有的尘埃不发光
我正是凭着你的光亮找到了你
有着相同的波长，相同的频率

两颗尘埃撞在了一起
撞出了三滴液体
一滴是血，一滴是泪
一滴是欢喜
于是在尘埃里开出花来
开花让它们如此美丽

又是一个一百年过去，
所有的尘埃又被蒸干

被包裹成一团
就连太阳也不知道那两颗尘埃
曾经爱过
只有它们自己知道

牛仔裤

就这样紧紧地包裹着身体
起初还有点不适应
但慢慢地越来越舒服
几乎和身体长到了一起

牛仔裤是这样一种裤子
穿过它就不想再穿另外一种
每天晚上把它脱下
就好像脱下自己的第二层皮肤

有一种女人也是这样
经历过就不想再拥有其他的女人
相处时还不觉得什么
一旦要与她分离
就仿佛撕扯着自己的皮肤
痛彻心扉

惦

惦只一个字
却又是三个词
三个动作

惦是掂
在心中反复掂量
直到她的重量
远远超过你的重量

惦是踮
踮起脚向远方眺望
直到把那模糊的背影
看成清晰的雕像

惦当然是惦
回到自己的位置
但那些波澜再也回不去
仍然不停在翻滚
直到将你淹没为止

挽歌(二十五首)

一

我还没有把消息告诉阳台上的花草
但它们已经感觉出了异样
因为自己身边
多了几盆或黄或白的秋菊
还有那闲置已久的花瓶
每周都会更换新的百合
完成七天一个轮回的凋谢与重生

我还没有把消息告诉冰箱里的零食
但它们已经感觉出了异样
因为不再有
另一只熟悉的手打开箱门
孩子气似的吃上一通
然后再细细整理一番
并且时不时地给它们带来新的伙伴

我带着这悲伤的秘密走在街上
却没有人感觉出我的异样

就像一棵茫然走路的树
虽然还顶着枝枝叶叶
其实已经陨落了生机
唯有路边的沿阶草低声问我：
佝偻的人儿佝偻的人儿
你的花蕾哪里去了？

二

每个人的归宿都是一个小四方盒子
对此我早有心理准备
只是你的归宿让我看见
这么早地让我看见
对此我如何能够自持

拎着你的归宿上了火车
事先还得有所遮掩
免得惊吓了来来往往的乘客
装在格纹布的袋子里
是你所喜欢的英伦风格
走的是你经历过的高铁线路
一切就像一次寻常的回家
你似乎只是淘气地藏着里面
待回到家后再与我们团聚

沉重地放在你的书桌上
我们故意大声地说话
却没有丝毫动静
连所谓的 21 克也没有漂浮在空中

这终于让我们知道——

淘气的不是你
而是命运
不仅淘气，而且残忍得
蛮不讲理

三

据说临终前
人的眼前会过一场电影
那么在你的这场电影里
我是主角还是配角
是音像清晰还是音像模糊

这些太不重要
就像生活中的那些争执
其实太不重要
唯愿这场电影能再慢再慢些
慢过我的余生
好让我能跳入这场电影
甘心做永远的配角

四

如果能够从头来过
我想每天对你多好上一点点
这一点点一点点
好像是零存整取
只是不知道开户行在哪里
即便知道
或许你已不屑于再猜测密码

如果能够从头来过
我想每天对你多好上一点点
这一点点一点点
好像汇入大海的水滴
只怕当海子有了模样的时候
你已经迁身到天际
独留我在冰冷的海底

五

有时候我想走进你的童年
比如翻看你的老照片
翻看你在小学课桌上写下的日记
或者埋伏在你当时上学的路口
如果它还没有在城市建设中消失
就像你被鲁莽的死神席卷而去

有时候我想深入你的童年
像周星星一样伪装成你的同桌
或者把你留下的糖果盒
当做机器猫的时光机
好好地到七十年代去徜徉一番

但，还是且慢
童年是上帝送给每个人最好的礼物
这份礼物还是应该由你独享
即使是快递送到我手上
我也羞于将它拆开
因为你成人之后我所有的陪伴
都抵不上你童年的快乐
我现在的思念和话语
更只是一场孩子气的游戏

六

现在想起来那就是最后的晚餐
其实天色还并不太晚
只是刚过三点
我推着轮椅拐进一家小饭馆
刚做完 CT 的你点了三样菜
青椒土豆丝
溜腰花
和一碗西红柿蛋面汤
那盘溜腰花是为我而点
因为你很少吃动物内脏

吃的时候
命运之神上了一道菜
一道我们不愿点也不敢点的菜
那就是如血的夕阳
然而在夕阳中你笑了
我想把这盘菜囫囵吞下
却只是自欺欺人的想法
命运想让他无端选中的人吃下

许多年后我还将记得这菜谱
记得你的微笑
它将照亮我每个独自进食的夜晚
让我寒凉中也有些许温暖

七

你比所有的花都活得长久
比所有的猫猫狗狗
比所有的飞虫飞鸟
只是要短过大象
但谁能比大象长寿呢?

你比所有人的希望都活得短暂
比爸爸妈妈的
比同窗同事的
甚至短过窗前小鸟的期盼
只是要长过我的爱
而这，竟成为我苟活的理由

八

总是闲人入梦
在第一个月里
我知道那是你不想离开
而我也一直当你还在

一个月是死神的宽限时间
仍然把我们放在同一个世界
你小心地避开我的梦境
仔细地收拾自己出发的行囊

现在夜夜入梦
从第二个月开始
那是你无声的告别吗
就此隔绝成两个世界
让我甘愿长睡
在梦境中不肯醒来

九

把你的发丝放进桦木盒
盒子是俄罗斯大鼻子做的
或许有些西伯利亚的花香——
这个世界还有很多地方值得一去

把你的照片放进钱夹
只为等待在巴黎街道咖啡馆的付款
或许找头会沾染小甜饼的细末——
这个世界还有很多地方值得一去

把你的日记放进行囊
让它聆听柬埔寨丛林某一座庙宇的钟声
或许在钟声中
死神也会听见我的祈求——
这个世界还有很多地方值得一去

然后静等他的回答
以及从决绝中发出的残酷笑声

十

下次会在哪里再见
在聊斋的故事里
还是在安徒生的童话里
为了这些再见
我该做些什么准备
去扮演一位落魄书生
或是他的书童
去扮演一个小矮人
或是他手中的苹果

我知道每个故事的开头
只是不知道它们何时开始
我知道每个故事的结局
但依然期望它能演到一千零一集

十一

北京南站的星巴克
肯定是你去过的加油站
靠一杯拿铁
驱动你早已疲惫的身体
那个靠窗的座位
是你曾经坐过的吗
我无法肯定
虽然能调得出视频
却调不回时间

那个短发的小女孩
会是你的转世吗
她妈妈紧紧抱着她
不知道我这个陌生人无边的猜度
那个急速消失的灰衣身影
会是你的暗示吗
她男友却出现在远方
粉碎我所有的想象

如果上帝能拍下视频
他会一幕幕放给我看
并且告诉我
所有的人都正向他走去
其中就有艰难的你
艰难的你却走得太快
快得让回忆都从此错乱

十二

优雅地一振翅就飞走
这是行为的艺术
艰难地完成一次繁育就逝去
这是奉献的品质

静静地待在湖底不需要阳光
这是忍耐的艺术
认真地完成千百次繁育仍不满足
这是永恒的品质

在短命的虫和长寿的鱼之间
是你，我的爱人
你在空中划过的轨迹
已经变成我的彩虹
你在湖底游过的水波
已经变成我的年轮

十三

你说如果可以安乐死
就选在瑞士吧
那儿有暖暖温泉
仿佛在为逝者加油
那儿还有皑皑白雪
仿佛在为逝者伤悲

然而像其他计划好的旅行一样
此次也未能成行
我翻看你的遗物
寻找与瑞士的联系
只有一些快要融化的巧克力
和一只品牌不明的手表

我们和瑞士的联系就这样断裂
我和你的联系就这样断裂
唯有期待来生
在白雪融化的山麓
传来一阵牧羊人的短笛
笛声中你短暂地起身
瞬间又化作绽放的铃兰

十四

搬离大房子
只为暂时封存共同生活的记忆
不过，现在上班很远
真的很远

去办公室有两条线路
如果坐 108
会路过你上学的地方
和你初次上班的地方
如果坐 116
会路过你后来上班的地方
还有我们的大房子

没有一条街逃得过你的命名
没有一条街没有你的足迹
即便我坐在车上闭上眼
那些曾经的小饭店也会从巷子里蹦出来
蛮横地把自己列为站名

你的记忆从此全归我
两条记忆合为一体

就这样成为坚韧的暗流
却比银河还要明亮
明亮得要让我晕眩
但，如果没有这些记忆
我将失重
飘入虚无

十五

植物奶牛罢工了
它曾经出产了一杯又一杯豆浆
仿佛唤来草原上的风
温柔地吹过我们的六楼

多功能电饭煲罢工了
它曾经出产了一碗又一碗小米粥
仿佛唤来西北的阳光
多情地晒在我们的六楼

电脑高压锅罢工了
它曾经出产了一盆又一盆排骨
仿佛唤来大海里的鲸鱼
在我们的六楼喷着水汽

一起在等待你的苏醒
你就是电流
开关却在上帝手里
他把正极留在只有我一个人的厨房
却残忍地把负极接到了地狱

十六

就像那些一生一次的景点
初次相见
其实就是永别
死亡同样一生只有一次
但不是永别
而是无数次相见

我能在花瓣背面看见你
我能在书架缝隙处看见你
我能在楼梯拐角处看见你
我能在厨房水蒸气里看见你
是的，我能够

在攒够一万次相见之后
我等来了我的一生一次
但亲爱的
那也不是永别
而是一次永恒的相见

十七

水丢掉了自己的氧原子
只剩下两个氢小子
在漫无目的地乱跑

我丢掉了你
只剩下一副躯壳
在无可挽回地垮掉

你也丢掉了自己
只剩下一堆照片
在望着过去的你出神

我也将丢掉我
在寻找氧原子的路上
和失魂落魄的氢融为一体

十八

你说小时候读了太多童话
所以变得理想主义
加一点粉红色

你说中年之后读了太多佛经
所以变得悲悯主义
加一点暗金色

你说生病之后读了太多中医书
所以变得神秘主义
加一点苦涩的香气

人生的道理你参透了吗
在最后的时刻
我似乎看到一个戴着小红帽的女子
手持佛珠，身染药香
头也不回地离去
佛啊，看在她的虔诚份上
请赐给她一朵祥云
让她走的时候
如同飘飞

十九

落葬那天雾霾沉沉
但一直没有下雨
因为云把泪水含在了眼里

你的号码是第 6 排第 6 号
一个幸运的数字
让我们想起了你并不幸运的人生
好在你终于有了一个舒服的位子
看着面前的大山
像看着一场永不落幕的电影

风中传来迪兰托马斯的声音：
死过一次，就再也不会死去
你终于以这种方式
战胜了死亡
并把后续的战斗留给我们
等着吧
我们会带着捷报
一一来到你的身旁

二十

当我们走出墓园
有人说“快看天空”
是一群大雁
在天际排出“一”字
再又排出“人”字
好像在向某个失群的人致意

我也想加入大雁的队伍
做构成笔划的一个小点
纵使再也不能回复人形
纵使翅膀下就是万丈深渊

二十四

生前未对你说的每一个“爱”
身后都化作一声沉重的“唉”
在大街上突如其来
在超市里突如其来
让路人侧目
让货架上的商品都惊呆

生前未陪你的每一秒
身后都化作与孤独相伴的一整夜
在月光下渐渐累积
在流星下渐渐累积
直到高过你的墓碑
直到高过我的头顶

二十五

你的墓碑右上方
正好垂着一枝玫瑰
或者按照中国人的说法
还是叫它月季

催开新叶的力量
也叩响着你的灵魂
绽开花蕾的力量
也凝聚着你的发丝
推动四季轮回的力量
也刷新着你小小的个人史
这种力量就叫
——复活

后　记

本书原来取名为《我的四方面军》,是因为这些诗是围绕着世界、自己、他人、爱人四个方面来写的,仿佛是从我的心灵出发的四支部队，代替我进行一次精神上的长征——至于“他们”能走多远,就并非我所能决定的了。

但就在2013年10月底，吾妻刘蕾因乳腺癌复发肝转移,病逝于北京。她是8年前动的乳癌手术,安然度过了5年这个关口,却在快到10年的时候,再度被病魔侵袭,终告不治。为了不能忘却的纪念,我把这本诗集更名为《你比所有的花都活得长久》。

书中的照片，都是我给她拍的；而勒口上的照片,是她给我拍的,时间是2011年国庆长假期间,地点是苏州大学校园。

我也将故去,而大树将继续存活。它或许会记得这世间的一对普通男女,曾在自己脚下驻足,并曾有过片刻的欢欣。